TRADUCCIÓN: Diego de los Santos
TÍTULO ORIGINAL: *Midden in de nacht*

© Editorial Clavis, Amsterdam-Hasselt, 2013
© De esta edición: Grupo Editorial Luis Vives, 2014

Edelvives Talleres Gráficos. Certificado ISO 9001
Impreso en Zaragoza, España

ISBN: 978-84-263-9259-6
DEPÓSITO LEGAL: Z 245-2014

Guido van Genechten

En mitad de la noche

EDELVIVES

DE REPENTE, EN MITAD DE LA NOCHE, NOTO EN MI NUCA
EL ALIENTO DE UN TIGRE SIBERIANO. ¡UN TIGRE SIBERIANO!

¡OH, NO! ¡OTRA VEZ NO! DEPRISA,
ANTES DE QUE LA FIERA SE DESPIERTE
Y ME MUERDA LOS DEDOS DE LOS PIES.

BAJO LA ESCALERA CON EL TIGRE EN BRAZOS,
ABRO LA PUERTA Y CORRO A LA CALLE.

SÉ PERFECTAMENTE DE DÓNDE HA SALIDO
ESTE GRUÑÓN (Y ADÓNDE DEBO LLEVARLO).

NO, NO ES LA PRIMERA VEZ QUE ENCUENTRO UN BICHO RARO
EN MI CAMA EN MITAD DE LA NOCHE. LA SEMANA PASADA
CRUCÉ LA CIUDAD ENTERA CON UN COCODRILO DEL NILO.
¡UF, HEMOS PERDIDO EL ÚLTIMO AUTOBÚS!

TENDRÉ QUE LLEVARLO A CUESTAS. NO QUEDA MÁS REMEDIO.
MENOS MAL QUE POR LA NOCHE LAS CALLES
PERMANECEN DESIERTAS. TODO EL MUNDO SUEÑA.
IMAGINAD QUE ALGUIEN ME VIESE CON SEMEJANTE CARGA.
¡PODRÍA PENSAR QUE QUIERO QUEDÁRMELO!

LLEGO JADEANDO HASTA UN BANCO DEL PARQUE.
NO ME VENDRÍA MAL QUE ME ECHASEN UNA MANO.
—¡TAXI! —GRITO, PERO EL CONDUCTOR NO ME VE.

DEBO DARME PRISA. ESTE GRANDULLÓN NO TARDARÁ EN DESPERTARSE...
¡INCREÍBLE! ¡LAS PUERTAS ESTÁN ABIERTAS!

MENOS MAL QUE EL ELEFANTE INDIO NO SE HA MOVIDO
Y QUE LAS SERPIENTES SIGUEN EN SU JAULA.

LOS MONOS DESCANSAN PLÁCIDAMENTE. LAS JIRAFAS CABECEAN.
HASTA LOS COCODRILOS DEL NILO DUERMEN EN CASA.
LA JAULA DE LOS TIGRES ES LA ÚNICA QUE ESTÁ ABIERTA.

SIN PENSÁRMELO DOS VECES, DEJO AL TIGRE EN SU JAULA.
¡A SU SITIO! CIERRO CON LLAVE Y REGRESO SIGILOSO.

CANSADO, PERO ALIVIADO, ME ACURRUCO
EN MI CAMA CALENTITA.
POR FIN PODRÉ DORMIR DE NUEVO.
(AUNQUE, POR SI ACASO,
DEJARÉ LA LLAVE
BAJO LA ALMOHADA).